F.BOILET

R.DURAND

La Fille des Ibères -

Les Veines de l'Occident - 1

ÉDITIONS Glénat

AUX ENVIRONS DE L'AN 110 AVANT JÉSUS-CHRIST, AU SUD DE LA PROVINCIA NARBONENSIS ENTRE CORBIÈRES ET PYRÉNÉES ...
PERENNIS !
LES VOLQUES ! ILS ARRIVENT !!
RENTRONS, BROGOS ...
ET LE TROUPEAU ?
LES CHIENS S'EN CHARGENT ! VA, TE DIS-JE !!
...TURA, PETIT VILLAGE IBÈRE, À QUELQUES LIEUES DE LA PUISSANTE RUSCINO OÙ VIVENT, DANS UNE ÉTRANGE COEXISTENCE, IBÈRES DES PREMIERS ÂGES, VOLQUES ET ROMAINS. ... LES PREMIERS SONT LÀ DEPUIS DES SIÈCLES, LES SECONDS ONT CONQUIS LE PAYS VOILÀ DEUX CENT ANS, LES ROMAINS ENFIN SONT ARRIVÉS VERS 118 EN SUIVANT LA VOIE DOMITIA ...
1

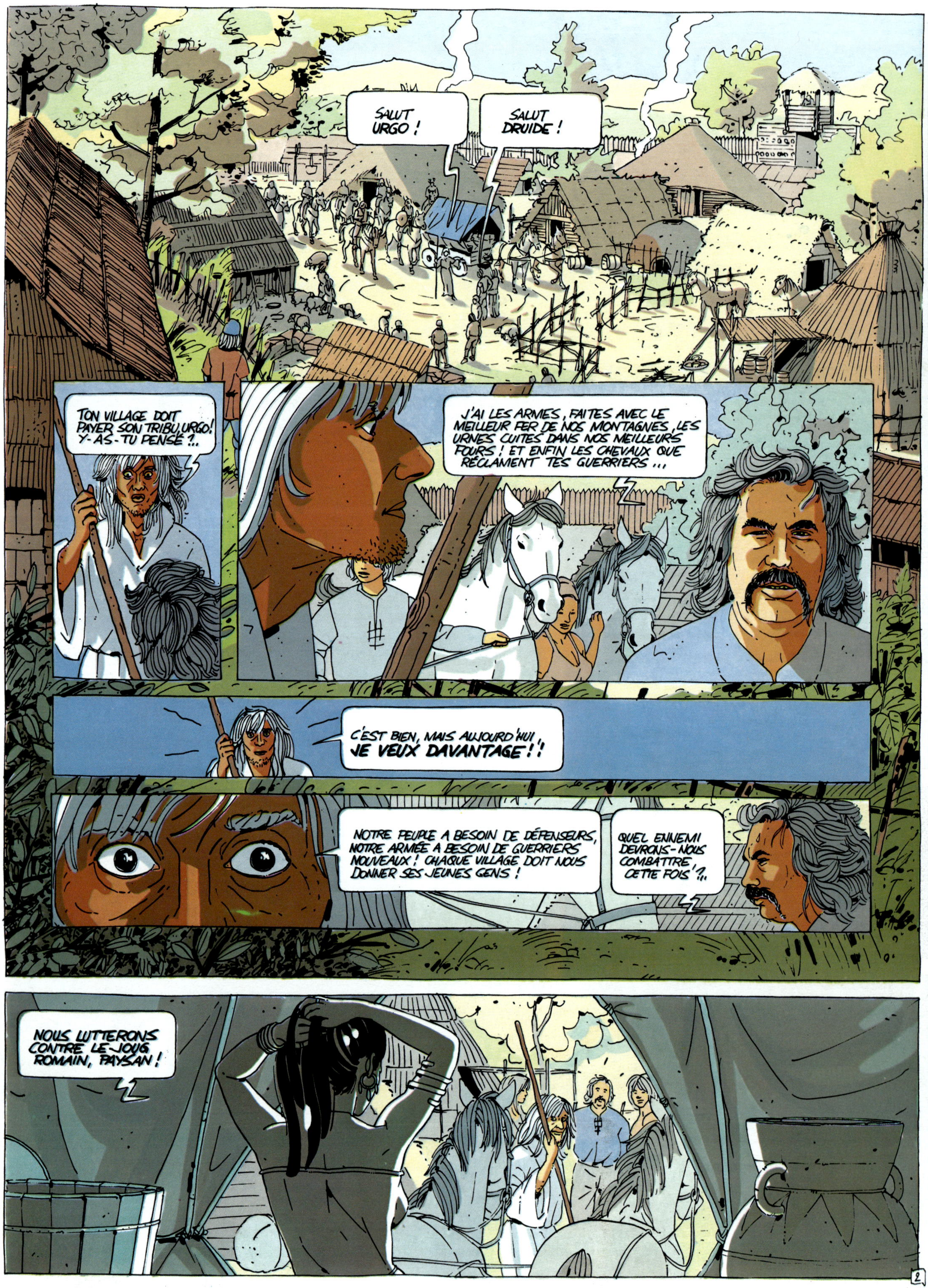
SALUT URGO !
SALUT DRUIDE !
TON VILLAGE DOIT PAYER SON TRIBU, URGO! Y-AS-TU PENSÉ ?..
J'AI LES ARMES, FAITES AVEC LE MEILLEUR FER DE NOS MONTAGNES, LES URNES CUITES DANS NOS MEILLEURS FOURS ! ET ENFIN LES CHEVAUX QUE RÉCLAMENT TES GUERRIERS ...
C'EST BIEN, MAIS AUJOURD'HUI, JE VEUX DAVANTAGE ! !
NOTRE PEUPLE A BESOIN DE DÉFENSEURS, NOTRE ARMÉE A BESOIN DE GUERRIERS NOUVEAUX ! CHAQUE VILLAGE DOIT NOUS DONNER SES JEUNES GENS !
QUEL ENNEMI DEVRONS-NOUS COMBATTRE, CETTE FOIS ?..
NOUS LUTTERONS CONTRE LE JOUG ROMAIN, PAYSAN !

DÉJÀ AU NORD, LES OCCUPANTS ONT REÇU LE JUSTE PRIX ...
LA GAULE EN A ASSEZ DE LA MORGUE DE SES OCCUPANTS QUI LA SAIGNENT ! PARTOUT SOURDENT DES RUMEURS DE RÉVOLTE, NOS FRÈRES CIMBRES VENUS DU NORD, NOUS DONNENT L'EXEMPLE : ILS ONT ÉCRASÉ LES TROUPES DU CONSUL SILANUS, QUI LES AVAIT ATTAQUÉS PAR SURPRISE !
NOS DIEUX NOUS GUIDERONT, ESUS, TARANIS, TEUTATÈS NOUS SOUFFLENT LA RÉVOLTE, ILS RÉCLAMENT DU SANG !...
ILS NOUS MÈNERONT À LA VICTOIRE ! PAYSANS, IL FAUT NOUS DONNER VOS FILS POUR CETTE GUERRE JUSTE, ET VOS FILLES POUR OFFRIR À NOS DIEUX !
NON !
TA GUERRE N'EST PAS LA NÔTRE, FEMME ! QUE LES VOLQUES ET LES ROMAINS S'ENTRETUENT ET LIBÈRENT NOTRE TERRE ! NOUS NOUS EN RÉJOUIRONS, NOUS, LES IBÈRES ! QUANT À TES DIEUX ASSOIFFÉS DE SANG, ABREUVE-LES AVEC CELUI DE TES ENFANTS, VIPÈRE !!
LE MOMENT N'EST PAS VENU, MON FRÈRE ...
LÂCHE-MOI, RENNOS !
MAUDIT, TU ...
ATTENDS, ARGIX ...
CE JEUNE FOU SERA SACRIFIÉ À TARANIS, MAÎTRE DES COMBATS ! SAISISSEZ-LE !!

EUH... TA, TA, TA ! NOUS DEVONS CONSERVER NOTRE SANG-FROID !
ROC!
BAF
JE CONSERVE!
HHUH!..
?
PERSONNE NE BOUGE OU JE L'ÉGORGE !!!
HRH!
BROGOS VITE ! LES CHEVAUX, LES ARMES !
?
?
R
TU ES PERDU, IMPIE ! TOI ET TES COMPAGNONS ! NOUS VOUS RETROUVERONS ! LA VENGEANCE DE TARANIS...
JE ME MOQUE DE TES DIEUX, FEMME ! JE NE CROIS QU'EN MA TERRE ET MES ARMES ! MON ÉPÉE EST D'ACIER, ELLE MENACE TON PRÊTRE, RETIENS TES PILLARDS SI TU VEUX LE REVOIR VIVANT !!
NON!
4

LAISSEZ-LES FUIR !
NOUS LES RETROUVERONS BIEN UN JOUR... ALORS, CE JOUR-LÀ, ILS PAIERONT CHER LEUR AUDACE !!
VELIA, A... ARGIX EST MORT !! L'IBÈRE L'A TUÉ D'UN SEUL COUP DE LACET !!...
?
MORT POUR MORT, PRÉPAREZ-VOUS À REJOINDRE VOS DIEUX, IBÈRES !
EUH... ATTENDEZ... NE NOUS EMPORTONS PAS...
SI JE PEUX ME PERMETTRE, LE MASSACRE DE CE VILLAGE EST UNE ACTION INCONSIDÉRÉE ! ELLE INDISPOSERA LES ROMAINS...
?
C'EST TOI QUI VA ÊTRE INDISPOSÉ, ET TOUT DE SUITE !

ARRÊTE, KORRIN !
CE JEUNE HOMME A DES PAROLES SAGES !...
MAIS...
NOUS ALLONS, POUR LE MOMENT, ÉPARGNER CES MISÉRABLES...
MERCI ! QUE LES DIEUX TE BÉNISSENT !
...MAIS NOUS LES EMMENONS AVEC NOUS À RUSCINO ! ILS NOUS SERVIRONT D'ESCLAVES !
ET POUR QU'ILS N'AIENT PAS ENVIE DE FUIR... BRÛLONS LEUR VILLAGE !
PITIÉ !! NOUS T'IMPLORONS, GRANDE PRÊTRESSE ! PRENDS NOS CHEVAUX, NOS ARMES, NOS RICHESSES, MAIS LAISSE-NOUS NOTRE LIBERTÉ ET NOS MAISONS !!
PÈRE !
IL SUFFIT ! PRÉPAREZ-VOUS ! VITE !
RELÈVE-TOI, PÈRE, NOUS NE POUVONS QU'OBÉIR, MAINTENANT ! TANT QUE NOUS SOMMES VIVANTS, NOUS POUVONS ESPÉRER...
C'EST ÇA, IBÈRE, ESPÈRE ! ET DÉPÊCHE-TOI !!
6

TARANIS, HÉSUS, TEUTATÈS, REGARDEZ ET RECEVEZ ! QUE LA FUMÉE DE CE SACRIFICE MONTE VERS VOUS ET QU'ELLE VOUS SOIT AGRÉABLE !
BARBARES ! JAMAIS LES ROMAINS N'AURAIENT AGI AINSI !
TAIS-TOI, FILS ! N'ATTISE PAS DAVANTAGE LEUR COLÈRE ! TON FRÈRE ET TOI EN AVEZ ASSEZ FAIT POUR AUJOURD'HUI !
REGARDEZ !
...ALORS ILS L'ONT RELÂCHÉ...
7

BRIGIUS
BÉÉÉ!
BÉÉÉ!
VA LE CHERCHER ET PORTE-LUI UN VÊTEMENT!
JE SUIS SATISFAITE DE TE VOIR SAIN ET SAUF, BRIGIUS...
CES BRUTES D'IBÈRES ME PAIERONT CELA! ON N'ATTENTE PAS EN VAIN À LA DIGNITÉ D'UN DRUIDE! LA COLÈRE DES DIEUX NE S'APAISERA QUE DANS LE SANG!
C'EST JUSTE, BRIGIUS! L'ASSEMBLÉE DES NOBLES ET DES DRUIDES T'ÉCOUTERA! RUSCINO, NOTRE VILLE CONNAÎTRA BIENTÔT DE GRANDES FÊTES! LE TEMPS DU TRIOMPHE CELTE EST PROCHE!...
BIENTÔT, C'EST L'ARRIVÉE À RUSCINO...
J'AI PEUR POUR NOS FRÈRES, RENNOS! JE CONNAIS LES FÊTES VOLQUES! BEUVERIES, ORGIES, ET SACRIFICES HUMAINS!
LES ROMAINS NE LAISSERONT PAS ACCOMPLIR UNE TELLE BARBARIE, PÈRE!
LES LÉGIONS ROMAINES NE FERONT RIEN POUR QUELQUES MALHEUREUX IBÈRES! AU CONTRAIRE...
8

LES ROMAINS SE RÉJOUISSENT DE NOS LUTTES, CE QUI NOUS DIVISE LEUR PERMET DE RÉGNER. ROME N'A D'AUTRE INTÉRÊT QUE SA GLOIRE ET SA PUISSANCE !
JE PRÉFÈRE CETTE PUISSANCE À CELLE DES VOLQUES OU DES CIMBRES QUI S'AGITENT DERRIÈRE EUX !...
PUISSENT LES DIEUX NE PAS TE LE FAIRE REGRETTER, FILS ! MAIS N'OUBLIE PAS QUE NOUS SOMMES CHEZ LES VOLQUES, POUR LE MOMENT ! PARLE PRUDEMMENT ET CONDUIS-TOI AVEC SAGESSE...
N'AIE CRAINTE, PÈRE ! JE N'AI PAS LA TÊTE AUSSI CHAUDE QUE MON FRÈRE, ET JE SAIS M'ADAPTER AUX CIRCONSTANCES !
LE LENDEMAIN MATIN...
NOS NOUVEAUX MAÎTRES TE FONT L'HONNEUR D'UNE VISITE, PÈRE !...
NOUS SOMMES VENUS EN AMIS, URGO, ET NON EN MAÎTRES... CETTE NUIT, TARANIS NOUS A PARLÉ : LES IBÈRES ET LES VOLQUES SONT FRÈRES ! LEURS LIENS FRATERNELS SONT PLUS FORTS QUE LEURS DISPUTES PASSAGÈRES...
OUBLIE LES PAROLES ET LES ACTES D'HIER, COMME NOUS AVONS OUBLIÉ LES OFFENSES DE TON FILS, PERENNIS ! TOI ET LES TIENS, VOUS ÊTES CHEZ VOUS, ICI, À RUSCINO.
MAIS...
TES PAROLES SONT SAGES, PRÊTRESSE ! AU NOM DE MA TRIBU, JE TE REMERCIE ET J'ACCEPTE VOTRE HOSPITALITÉ.
TA RÉPONSE NOUS RÉJOUIT, URSO. CETTE NUIT, NOUS SCELLERONS NOTRE AMITIÉ PAR UNE GRANDE FÊTE ET DES SACRIFICES À NOS DIEUX !
NOUS SERONS HONORÉS D'Y PARTICIPER !
9

CETTE DÉCISION NOUS DÉSHONORE, VÉLIA ! HIER, TU BRÛLAIS LEUR VILLAGE, ET AUJOURD'HUI, TU LEUR OFFRE L'HOSPITALITÉ ! LA HONTE EST SUR NOUS !!
NOTRE CONSEIL A DÉCIDÉ, BRIGIUS, ET TU DOIS ACCEPTER ! CESSE DONC DE PARLER D'HONNEUR ET DE HONTE ! JE SUIS TON ÉGALE, ET JE SAIS OÙ SE TROUVE L'HONNEUR DE MON PEUPLE !
ALLONS !
TU ME LE PAIERAS, VIPÈRE !!
OCCUPE-TOI DE PRIER, DRUIDE, ET LAISSE-NOUS NOUS CHARGER DU RESTE !!
ET QUI SACRIFIERONS-NOUS, CETTE NUIT, SI TU ÉPARGNES LES IBÈRES ?!
JE T'EN LAISSE LE CHOIX, BRIGIUS ! NOUS AVONS ASSEZ DE PRISONNIERS, MEURTRIERS, VOLEURS ET SACRILÈGES ! TU TROUVERAS BIEN TROIS BONS COUPABLES À OFFRIR À NOS MAÎTRES, TARANIS, TEUTATÈS ET HÉSUS !
CE REVIREMENT NE M'INSPIRE AUCUNE CONFIANCE, PÈRE !
À MOI NON PLUS, FILS ! MAIS POUR LE MOMENT, NOUS ÉCHAPPONS À L'ESCLAVAGE ET À UNE MORT SANS GLOIRE, ALORS...
LA PRÊTRESSE A DIT DES CHOSES JUSTES, URGO !
TON FILS, PERENNIS, ET SES AMIS, SE SONT CONDUITS EN FOUS DANGEREUX ! LES VO QUES ET LES IBÈRES SONT FR ES !!
LES ROMAINS SONT NOS ENNEMIS COMMUNS ! IL EST TEMPS DE SE R LE JOUG...
EUH... ON VERRA... ON VERRA !

LA NUIT VENUE...
TARANIS, MAÎTRE DU CIEL ET DU TONNERRE, TEUTATES, DIEU DE MA TRIBU, HESUS, NOTRE BON PÈRE, AU CŒUR DE LA NUIT BIENFAISANTE, RECEVEZ NOS PRIÈRES !
QU'ON AMÈNE LES SACRIFIÉS !
BARDE, COMMENCE TES CHANTS !
Écoutez dieux puissants, Et soyez bienveillants Pour votre peuple de Ruscino...
Acceptez l'humble sacrifice De ces vies misérables...
SOTTISES ! LES DIEUX, S'ILS EXISTENT, N'ONT QUE FAIRE DE PAREILLES HORREURS
Nourrissez-vous de leur sang Et soufflez-nous votre force...

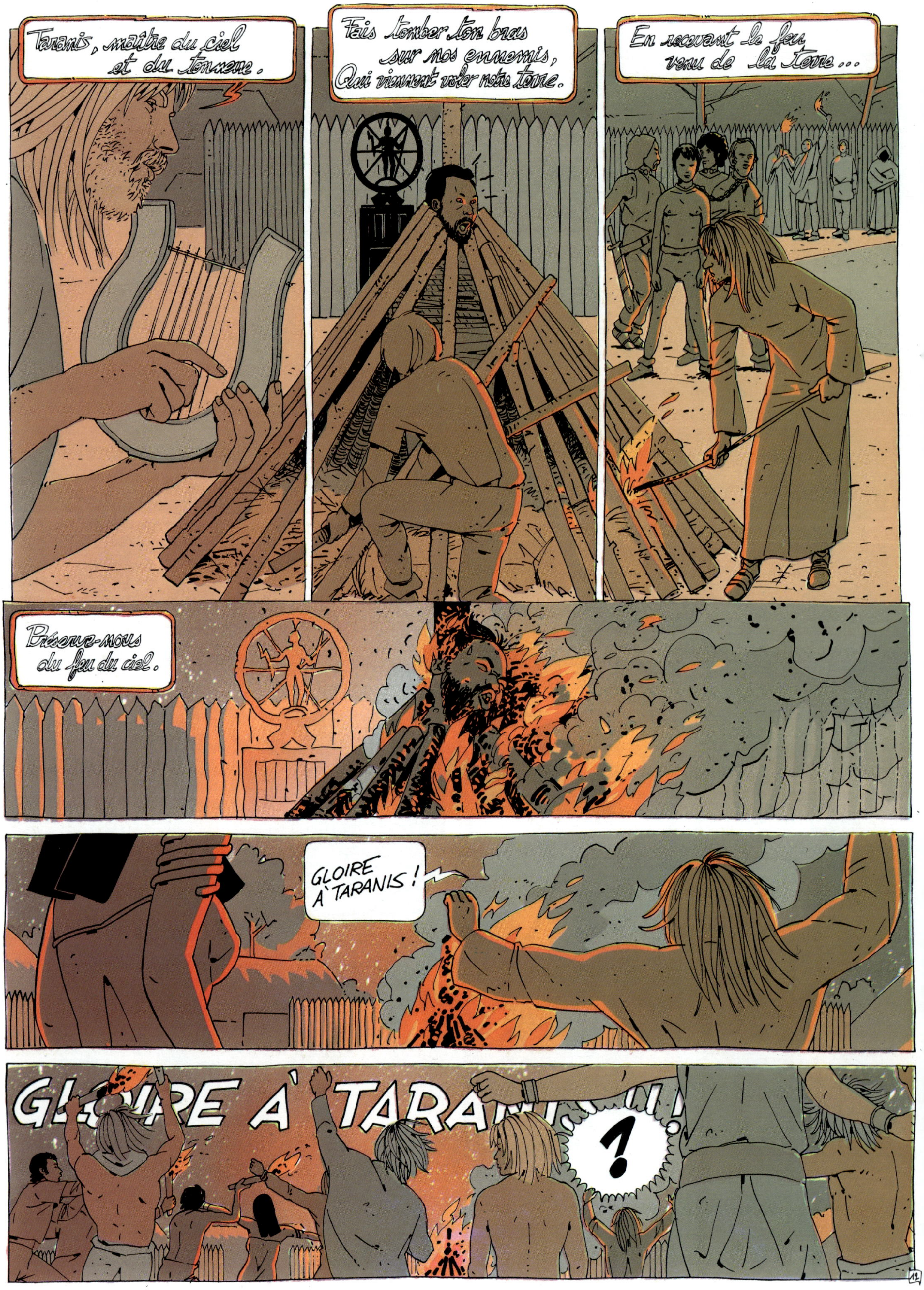
Taranis, maître du ciel et du tonnerre.
Fais tomber ton bras sur nos ennemis, Qui viennent voler notre terre.
En recevant le feu venu de la terre...
Préserve-nous du feu du ciel.
GLOIRE À TARANIS !
GLOIRE À TARAN
?

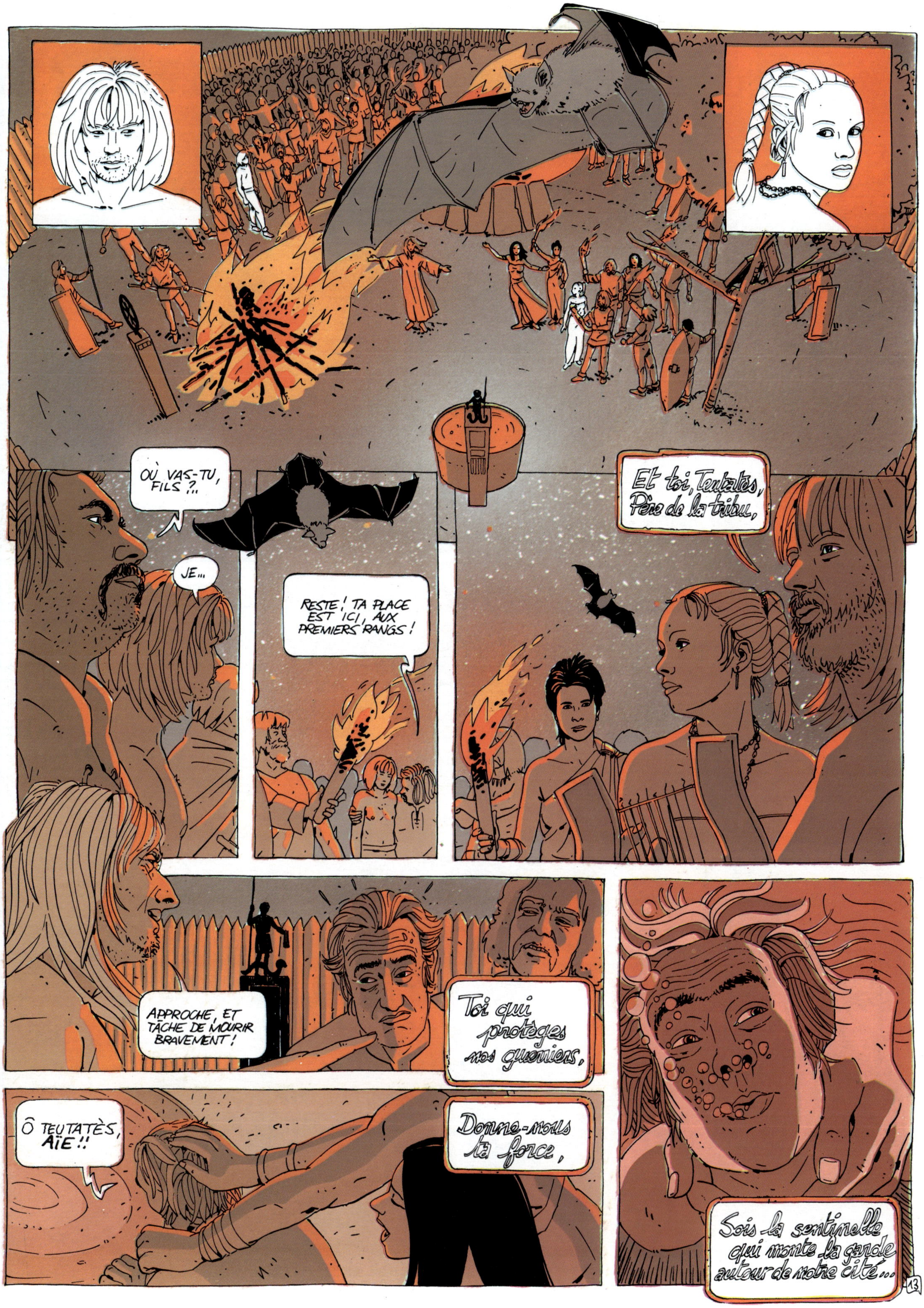
OÙ VAS-TU, FILS ?..
JE...
RESTE ! TA PLACE EST ICI, AUX PREMIERS RANGS !
Et toi, Teutatès, Père de la tribu,
APPROCHE, ET TÂCHE DE MOURIR BRAVEMENT !
Toi qui protèges nos guerriers,
Ô TEUTATÈS, AÏE !!
Donne-nous ta force,
Sois la sentinelle qui monte la garde autour de notre cité...
13

CES BARBARES ONT DES COUTUMES HORRIBLES
IL EST TEMPS QUE NOS LÉGIONS VIENNENT PACIFIER TOUTE LA RÉGION!
BAH! ROME A DES SPECTACLES AUSSI RÉJOUISSANTS, VOUS LE SAVEZ BIEN!
REGARDEZ
Ô Bon Hésus...
Toi qui veilles sur nos bois, nos champs nos vignes...
Reçois ce sang nourricier Et fais germer tes fruits pour ton peuple obéissant!
Ô DIEUX QUE CES SACRIFICES VOUS SOIENT AGRÉABLES! QU'ILS ATTIRENT SUR NOUS VOTRE FAVEUR, ET SUR NOS ENNEMIS VOTRE COLÈRE!

PLUS TARD, AU MILIEU DE LA NUIT, LES SACRIFICES ONT FAIT PLACE À UN FESTIN. ON MANGE ET ON BOIT À PROFUSION...
CE FESTIN EST MORNE SANS TES CHANTS, BARDE ! CHANTE-NOUS DONC LES HAUTS FAITS DE NOS ANCÊTRES ! DIS-NOUS COMMENT ILS ONT FAIT TREMBLER ROME, TANT ET TANT DE FOIS !...
Écoutez, Volques
Entendez le nom sacré de Brennus,
Qui fit tomber Rome à ses pieds.
Son épée fut le prix de sa victoire...
P... PERENNIS S'EST TROOMPÉ !!
CASSIA...
OUI MAÎTRESSE !
B... BOIS, FILS... BOIS À LA FATRERNITÉ... NITRE... DES VOLQUES ET DES ZIBÈRES...
VEILLE SUR LE CHEF IBÈRE, ET SON FILS ! QU'ILS NE MANQUENT DE RIEN ! À LA FIN DE LA NUIT, CONDUIS LE JEUNE HOMME DANS MA DEMEURE... J'AI À LUI PARLER...
IL SERA FAIT COMME TU LE DÉSIRES, MAÎTRESSE !...
15

TU AS BIEN MANŒUVRÉ EN ÉPARGNANT LES IBÈRES, VELIA !... REGARDE LE VIEUX CHEF, IL EST RAVI !
ILS MARCHERONT À NOS CÔTÉS CONTRE LES ROMAINS !
ÇA DEVIENT DANGEREUX ! IL FAUT AVERTIR CRASSUS ET DOMITIUS, À NARBO !...
IBÈRES ! VENEZ ! URGO ! RENNOS !
RENNOS ? OÙ EST TON FILS, IBÈRE ?!
..MON..
IL S'EST RETIRÉ AVEC LA PRÊTRESSE GALIANNE, MAÎTRESSE !...
..M..ON..
MON.. F..FILS.. JE ..J.. IL...
QUOI !!
SUIS-MOI !
16

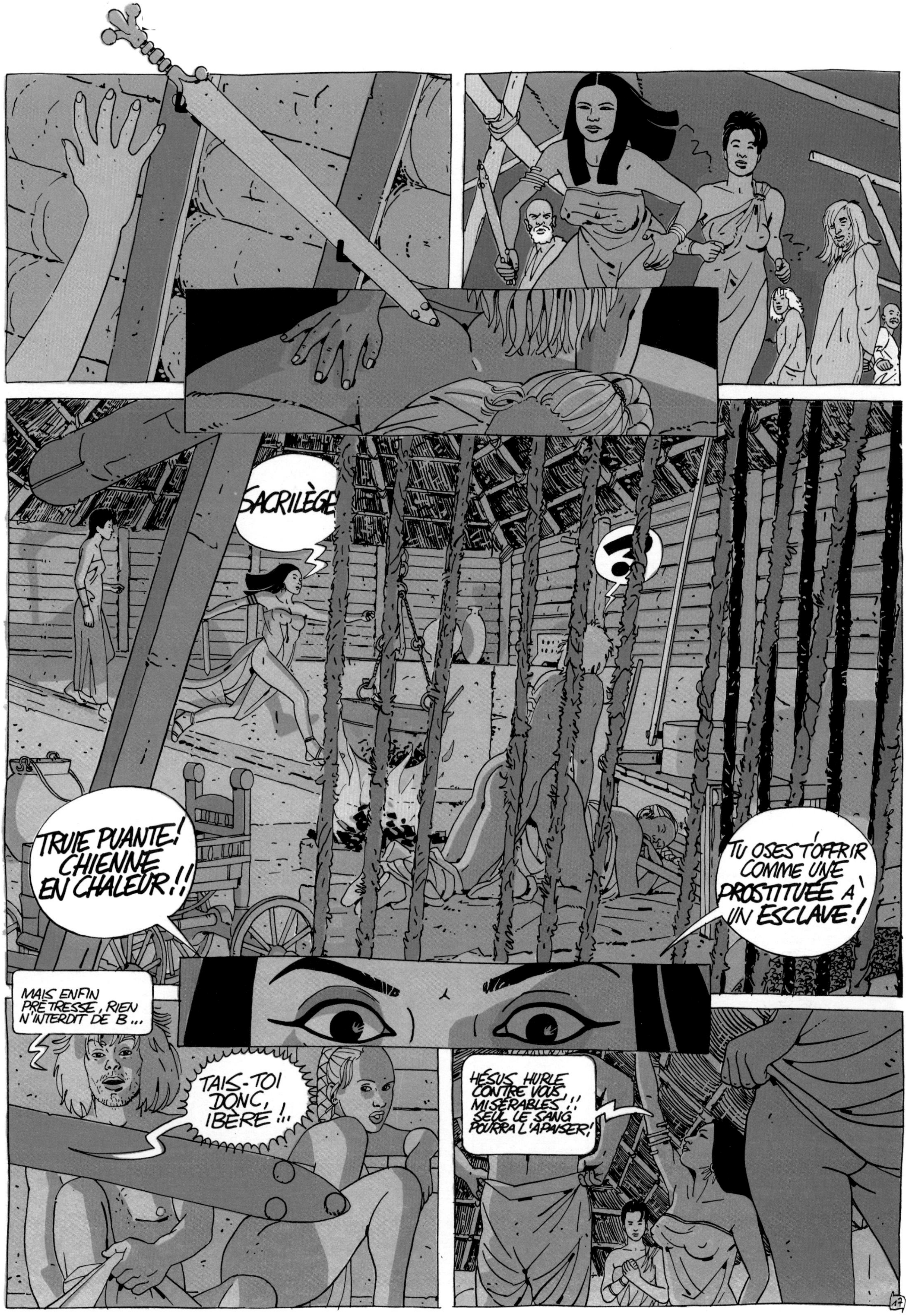
SACRILÈGE
?
TRUIE PUANTE! CHIENNE EN CHALEUR!!
TU OSES T'OFFRIR COMME UNE PROSTITUÉE À UN ESCLAVE!
MAIS ENFIN PRÊTRESSE, RIEN N'INTERDIT DE B...
TAIS-TOI DONC, IBÈRE!..
HÉSUS HURLE CONTRE VOUS, MISÉRABLES!! SEUL LE SANG POURRA L'APAISER!
17

TIENS ! VA REJOINDRE L'ÎLE DE LA MORT !!
NOON
MAIS...
CE N'EST PAS POSSIBLE ! TU ES FOLLE ! TU...
SON CRÂNE ME SERVIRA DE COUPE, DÉSORMAIS, ET LE VIN AURA LE GOÛT DE SA JEUNESSE !
LAISSE-LÀ, RENNOS ! ELLE EST DE L'AUTRE CÔTÉ, SUR L'ÎLE DES MORTS ! VIENS...
TU AS OSÉ VELIA !!!
TU ES INDIGNE DE NOTRE ORDRE ...
TU SERAS JUGÉE POUR CETTE FAUTE, ET LES AUTRES ! DONNE TON ARME !
PRENDS
?!!
18

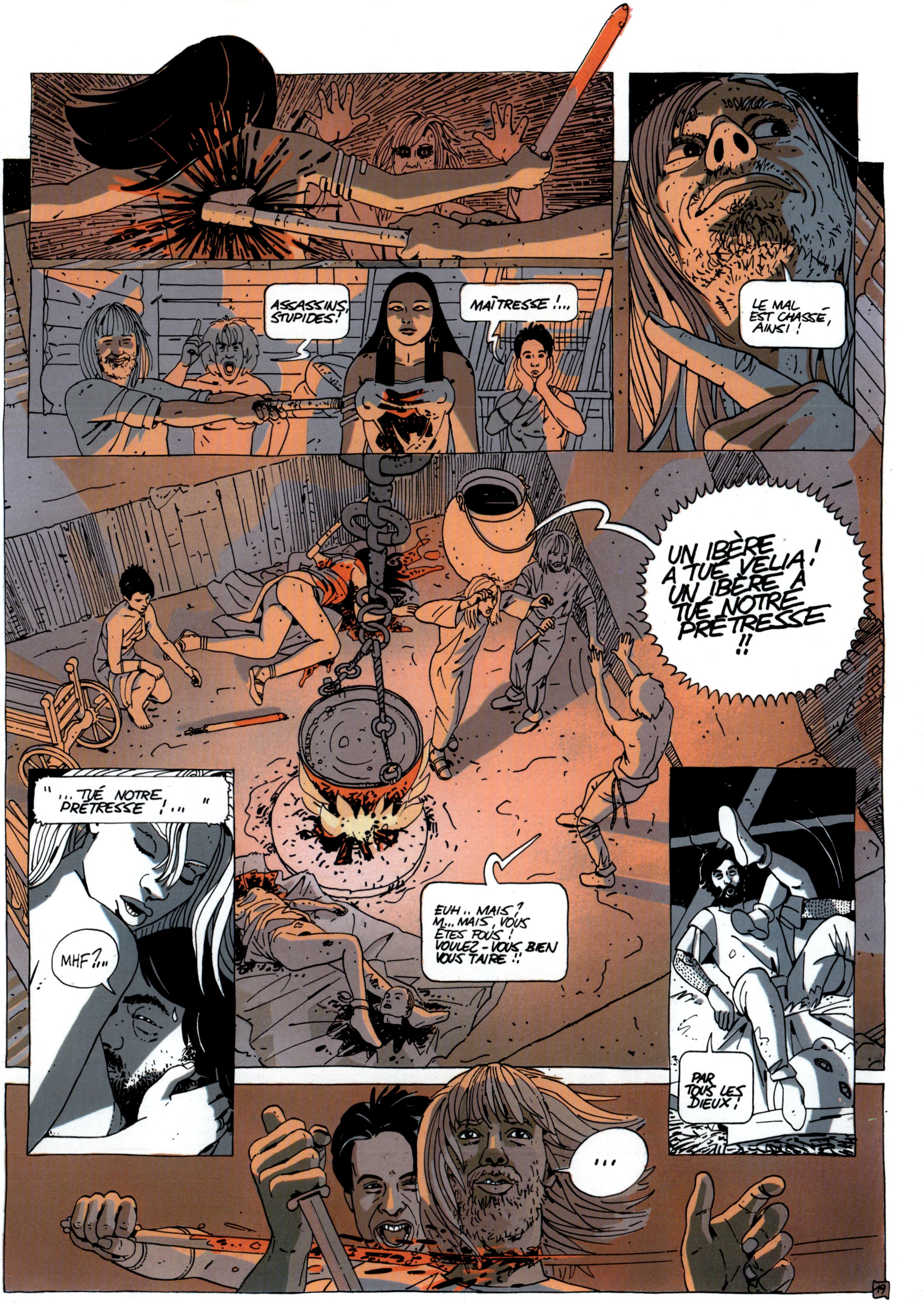
ASSASSINS, STUPIDES!
MAÎTRESSE !...
LE MAL EST CHASSÉ, AINSI !
UN IBÈRE A TUÉ VELIA ! UN IBÈRE A TUÉ NOTRE PRÊTRESSE !!
"... TUÉ NOTRE PRÊTRESSE !..."
MHF ?...
EUH.. MAIS ? M... MAIS, VOUS ÊTES FOUS ! VOULEZ-VOUS BIEN VOUS TAIRE !!
PAR TOUS LES DIEUX !
...
19

ALLEZ VIENS! TA VIE NE VAUT PLUS UN AS !..
À L'AIDE!
AU S...
ON SE TAIT !!
!
LÀ ! ILS FUIENT!
SUIS-MOI ! LES CHEVAUX !..
..OÙ.. ..OÙ..
ARRÊTEZ -LES !!
..OÙ EST M..MON FILSS ?!
P... PAS UN PAS DE PLUS !!
PÈRE ! À CHEVAL !
M..M ..ON..
EN SELLE, PÈRE, VITE !!
..F.. ..FILS..

TENU!
DEUX SESTERCES SUR LA BRUNETTE!
POURSUIVONS-LES!!
L'IBÈRE VA REJOINDRE SON FRÈRE DANS LA MONTAGNE! VOUS Y ÉPUISERIEZ VOS FORCES! ET LA FILLE ESCLAVE N'A AUCUNE VALEUR!
NON! LAISSEZ-LES FUIR!!
J'AI UNE MEILLEURE IDÉE! ET CETTE TRAÎTRISE NE RESTERA PAS IMPUNIE...
QU'Y-A-T-IL, SIGOVESOS? TU SEMBLES CONTRARIÉ?
JE N'AIME PAS CE QUI SE PASSE ICI... TROP DE MORTS, TROP DE MOTS, NOTRE DRUIDE QUI SEMBLE OUBLIER LE CHEMIN DE LA SAGESSE, ET CE CIMBRE, KORRIN, QUI PARLE HAUT, COMME S'IL ÉTAIT LE ROI DES VOLQUES!
C... C'EST.. TOI. R.. ..RENNOS?
...LE PÈRE DU JEUNE FOU PAIERA POUR CES CRIMES! SAISISSEZ-LE!
ILS S'AGITENT BEAUCOUP...
BAH! CE NE SONT QU'HISTOIRES ENTRE BARBARES! TANT QUE NOUS POUVONS FAIRE NOTRE COMMERCE, LE RESTE...
21

... SUR LA VIA DOMITIA, QUI RELIE L'ESPAGNE À NARBO À QUELQUES 20 MILLES AU NORD DE RUSCINO...
JE M'EN DOUTAIS ! TROP IVRES, TROP PEUREUX OU TROP SOTS POUR NOUS SUIVRE !!
J'AI ABANDONNÉ MON PROPRE PÈRE AUX MAINS DE CES SAUVAGES !
RASSURE-TOI, NOUS VIENDRONS LE RECHERCHER ! ...MAIS IL FAUT TROUVER DU RENFORT !...
PAS DANS CETTE DIRECTION, EN TOUT CAS ! SI NOUS CONTINUONS SUR LA VIA, NOUS ALLONS RENCONTRER LES ROMAINS !
TU AS TROUVÉ CELA TOUT SEUL, RENNOS ?!...
QUE VEUX-TU DIRE ?
ALLONS, VIENS ! JE T'EXPLIQUERAI PLUS TARD !
SALSULIS !!
HALTE !!
DÉCURION !
PAR TOUS LES DIABLES !!

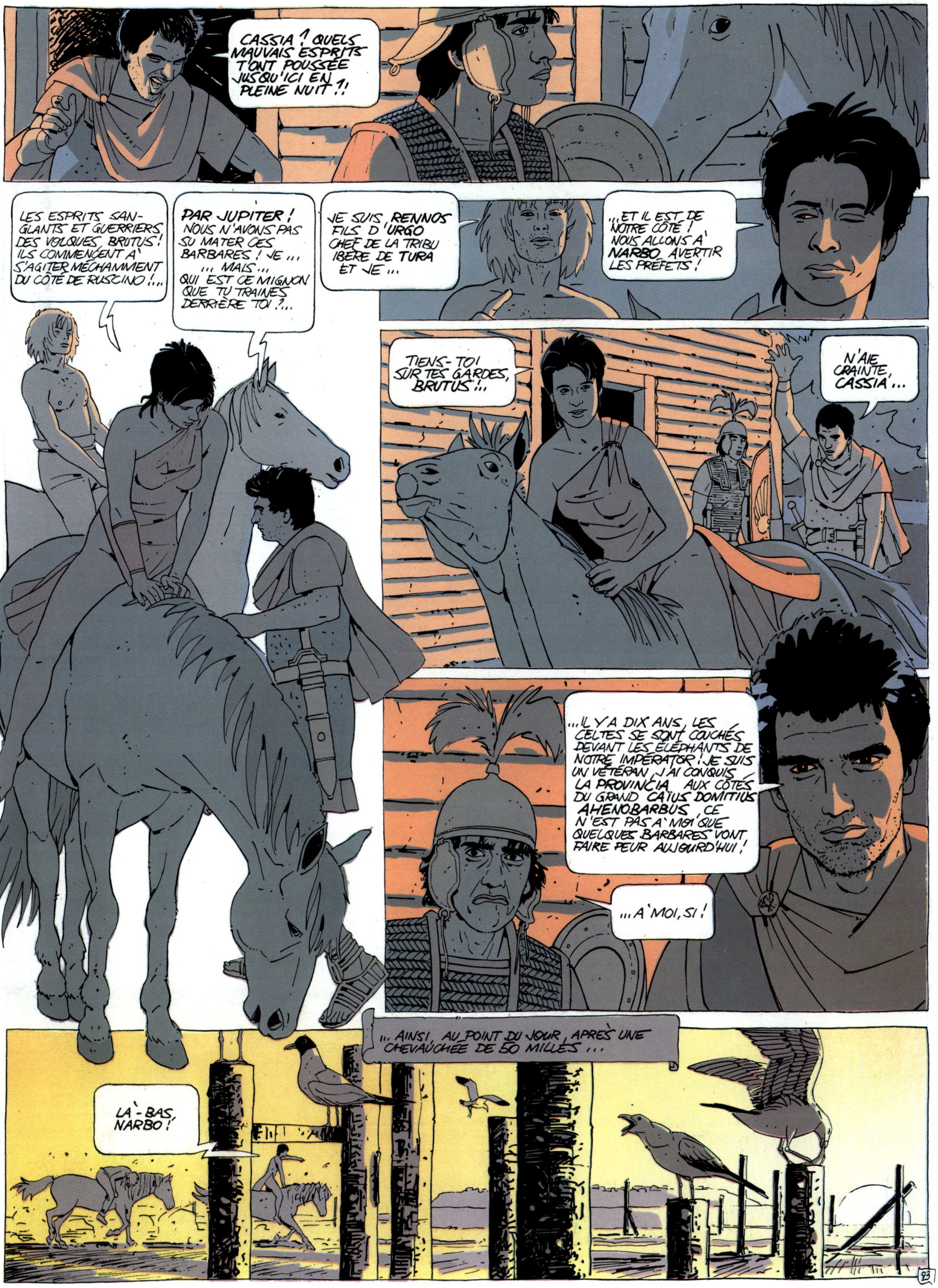
CASSIA ! QUELS MAUVAIS ESPRITS T'ONT POUSSÉE JUSQU'ICI EN PLEINE NUIT ?!
LES ESPRITS SANGLANTS ET GUERRIERS DES VOLQUES, BRUTUS ! ILS COMMENCENT À S'AGITER MÉCHAMMENT DU CÔTÉ DE RUSCINO !...
PAR JUPITER ! NOUS N'AVONS PAS SU MATER CES BARBARES ! JE ... ... MAIS ... QUI EST CE MIGNON QUE TU TRAÎNES DERRIÈRE TOI ?...
JE SUIS RENNOS FILS D'URGO CHEF DE LA TRIBU IBÈRE DE TURA ET JE ...
... ET IL EST DE NOTRE CÔTÉ ! NOUS ALLONS À NARBO AVERTIR LES PRÉFETS !
TIENS-TOI SUR TES GARDES, BRUTUS !...
N'AIE CRAINTE, CASSIA ...
... IL Y A DIX ANS, LES CELTES SE SONT COUCHÉS DEVANT LES ÉLÉPHANTS DE NOTRE IMPERATOR ! JE SUIS UN VÉTÉRAN, J'AI CONQUIS LA PROVINCIA AUX CÔTÉS DU GRAND CAIUS DOMITIUS AHENOBARBUS, CE N'EST PAS À MOI QUE QUELQUES BARBARES VONT FAIRE PEUR AUJOURD'HUI !
... À MOI, SI !
... AINSI, AU POINT DU JOUR, APRÈS UNE CHEVAUCHÉE DE 50 MILLES ...
LÀ-BAS, NARBO !
93

PEU APRÈS, C'EST L'ENTRÉE DANS NARBO, VÉRITABLE CAPITALE DE LA PROVINCIA, AVEC SES 3000 HABITANTS,
DEPUIS LA MORT DU CONSUL SILANUS ET L'ABSENCE DE L'AUTRE CONSUL CAIUS CAECILIUS METELLUS, RETENU EN NUMIDIE PAR LA GUERRE CONTRE JUGURTHA, NARBO EST GOUVERNÉE PAR LES CHEFS DES COLONS ROMAINS, L. LICINIUS CRASSUS, ET LE JEUNE CAIUS DOMITIUS AHENOBARBUS, LE FILS DU GRAND CONQUÉRANT...
ENTRE, CASSIA! ET QUE TON JEUNE AMI IBÈRE APPROCHE AVEC TOI!
ALORS, LA MISSION QUE T'AVAIT CONFIÉE NOTRE CONSUL EST-ELLE TERMINÉE?
JE LE CRAINS LICINIUS CRASSUS...
LES VOLQUES DE RUSCINO SONT SUR LE POINT DE SE RÉVOLTER, POUSSÉS PAR DES ÉMISSAIRES CIMBRES.
...ICI, COMME AILLEURS DANS LA PROVINCIA, UN VENT DE FOLIE SEMBLE AVOIR SOUFFLÉ DANS LA TÊTE DES DRUIDES ET DES CHEFS GAULOIS...
LES LÉGIONS VENUES DE ROME AURONT VITE FAIT DE CALMER CES BARBARES. ILS...
PEUT-ÊTRE ARRIVERONT-ELLES TROP TARD...
OUI... NOTRE CHÈRE CASSIA, COMME TOUJOURS, VOIT JUSTE! NOUS N'ATTENDRONS PAS LES LÉGIONS!
TU PRENDRAS DEUX CENTURIES, MARCUS RÉGIUS, ET TU IRAS TE PROMENER À RUSCINO. LA VUE DES AIGLES ROMAINES FREINERA LES ARDEURS GUERRIÈRES DE NOS AMIS VOLQUES!
TU PARTIRAS AVEC MARCUS RÉGIUS, CASSIA, ET TU EMMÈNERAS TON PROTÉGÉ. IL VERRA LA PUISSANCE PACIFIQUE DE ROME À L'ŒUVRE. VOUS PARTIREZ DEMAIN À L'AUBE! EN ATTENDANT, VOUS ÊTES NOS HÔTES, PROFITEZ DE CETTE BELLE JOURNÉE QUE NOUS OFFRENT LES BONS GÉNIES!
VOUS AVEZ DES DORTOIRS?
24

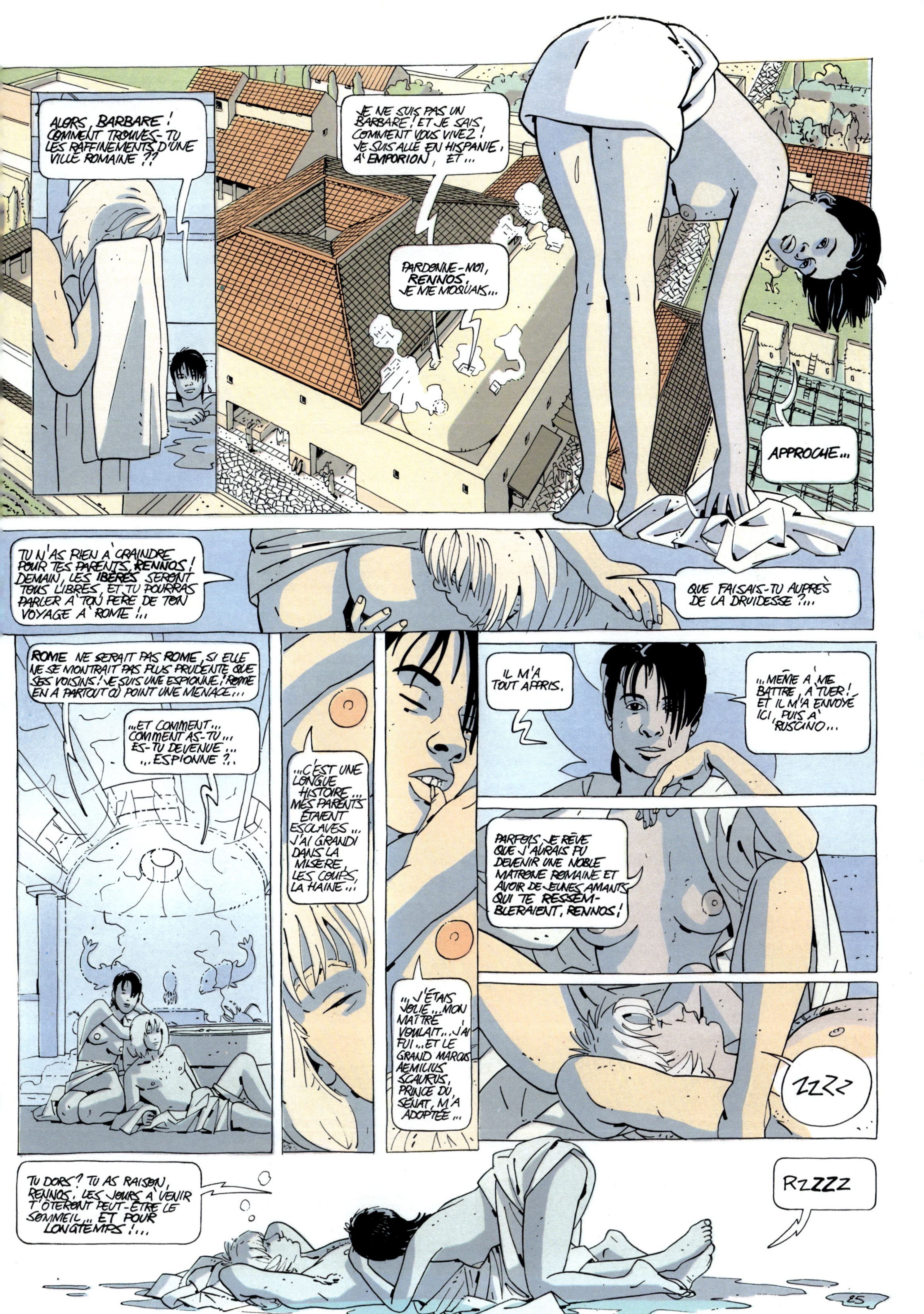
ALORS, BARBARE ! COMMENT TROUVES-TU LES RAFFINEMENTS D'UNE VILLE ROMAINE ?!
JE NE SUIS PAS UN BARBARE ! ET JE SAIS COMMENT VOUS VIVEZ ! JE SUIS ALLÉ EN HISPANIE, À EMPORION, ET ...
PARDONNE-MOI, RENNOS, JE ME MOQUAIS ...
APPROCHE ...
TU N'AS RIEN À CRAINDRE POUR TES PARENTS, RENNOS ! DEMAIN, LES IBÈRES SERONT TOUS LIBRES, ET TU POURRAS PARLER À TON PÈRE DE TON VOYAGE À ROME ! ...
QUE FAISAIS-TU AUPRÈS DE LA DRUIDESSE ? ...
ROME NE SERAIT PAS ROME, SI ELLE NE SE MONTRAIT PAS PLUS PRUDENTE QUE SES VOISINS ! JE SUIS UNE ESPIONNE ! ROME EN A PARTOUT OÙ POINT UNE MENACE ...
... ET COMMENT ... COMMENT AS-TU ... ES-TU DEVENUE ... ... ESPIONNE ?..
... C'EST UNE LONGUE HISTOIRE ... MES PARENTS ÉTAIENT ESCLAVES ... J'AI GRANDI DANS LA MISÈRE, LES COUPS, LA HAINE ...
... J'ÉTAIS JOLIE ... MON MAÎTRE VOULAIT ... J'AI FUI ... ET LE GRAND MARCUS AEMILIUS SCAURUS, PRINCE DU SÉNAT, M'A ADOPTÉE ...
IL M'A TOUT APPRIS.
... MÊME À ME BATTRE, À TUER ! ET IL M'A ENVOYÉ ICI, PUIS À RUSCINO ...
PARFOIS, JE RÊVE QUE J'AURAIS PU DEVENIR UNE NOBLE MATRONE ROMAINE ET AVOIR DE JEUNES AMANTS QUI TE RESSEMBLERAIENT, RENNOS !
ZZZZ
TU DORS ? TU AS RAISON, RENNOS ! LES JOURS À VENIR T'ÔTERONT PEUT-ÊTRE LE SOMMEIL ... ET POUR LONGTEMPS ! ...
RZZZZ

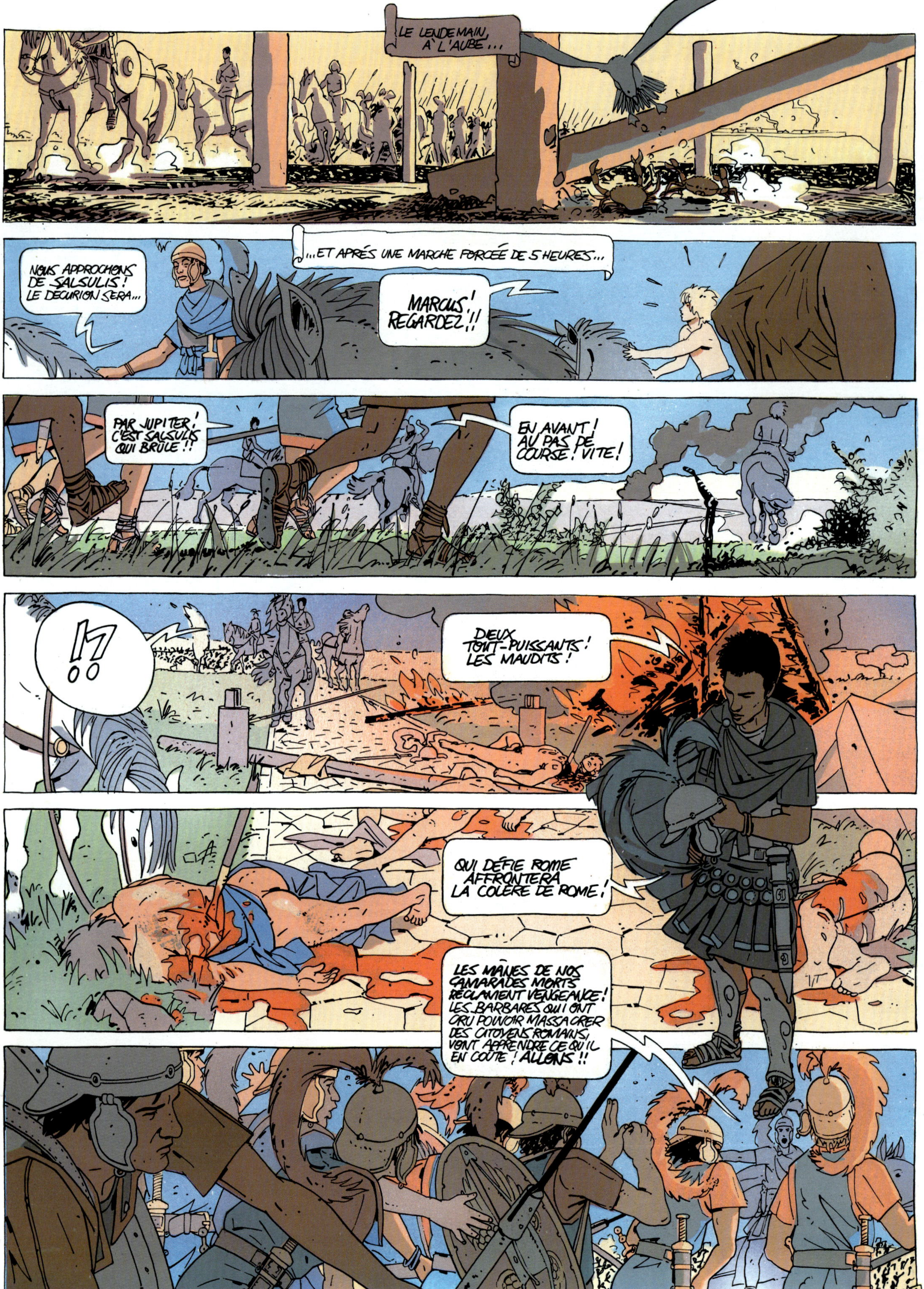
LE LENDEMAIN, À L'AUBE...
...ET APRÈS UNE MARCHE FORCÉE DE 5 HEURES...
NOUS APPROCHONS DE SALSULIS! LE DÉCURION SERA...
MARCUS! REGARDEZ!!
PAR JUPITER! C'EST SALSULIS QUI BRÛLE!!
EN AVANT! AU PAS DE COURSE! VITE!
!?
DIEUX TOUT-PUISSANTS! LES MAUDITS!
QUI DÉFIE ROME AFFRONTERA LA COLÈRE DE ROME!
LES MÂNES DE NOS CAMARADES MORTS RÉCLAMENT VENGEANCE! LES BARBARES QUI ONT CRU POUVOIR MASSACRER DES CITOYENS ROMAINS, VONT APPRENDRE CE QU'IL EN COÛTE! ALLONS!!

NOUS ALLONS METTRE LE SIÈGE DEVANT CETTE VILLE MAUDITE, ET FAIRE MOURIR DE FAIM TOUTE CETTE VERMINE!
PARDONNE À UNE FEMME DE SE MÊLER DES AFFAIRES GUERRIÈRES, MARCUS, MAIS UNE TELLE ENTREPRISE SERAIT PEUT-ÊTRE UNE ERREUR...
ET QUE CONSEILLES-TU DONC? VÉNUS SERAIT-ELLE PLUS HABILE QUE MARS?
PEUT-ÊTRE MARCUS, PEUT-ÊTRE... LA PAIX ROMAINE NE DOIT PAS REPOSER QUE SUR DES CADAVRES. BEAUCOUP, DANS RUSCINO, QU'ILS SOIENT GAULOIS OU IBÈRES, SONT DE SINCÈRES ET UTILES AMIS DE ROME... SANS COMPTER LES CITOYENS ROMAINS, LES LATINS, LES GRECS, ET AUTRES ÉTRANGERS QUI S'Y TROUVENT...
MIEUX VAUDRAIT UNE ATTAQUE PAR SURPRISE, DE NUIT... CELA ÉVITERAIT DES PERTES REGRETTABLES, DE PART ET D'AUTRES... ÉCOUTE...
PLUS TARD, AU COEUR DE LA NUIT...
VOUS ÊTES PRÊTS? ALLONS...
NOON!

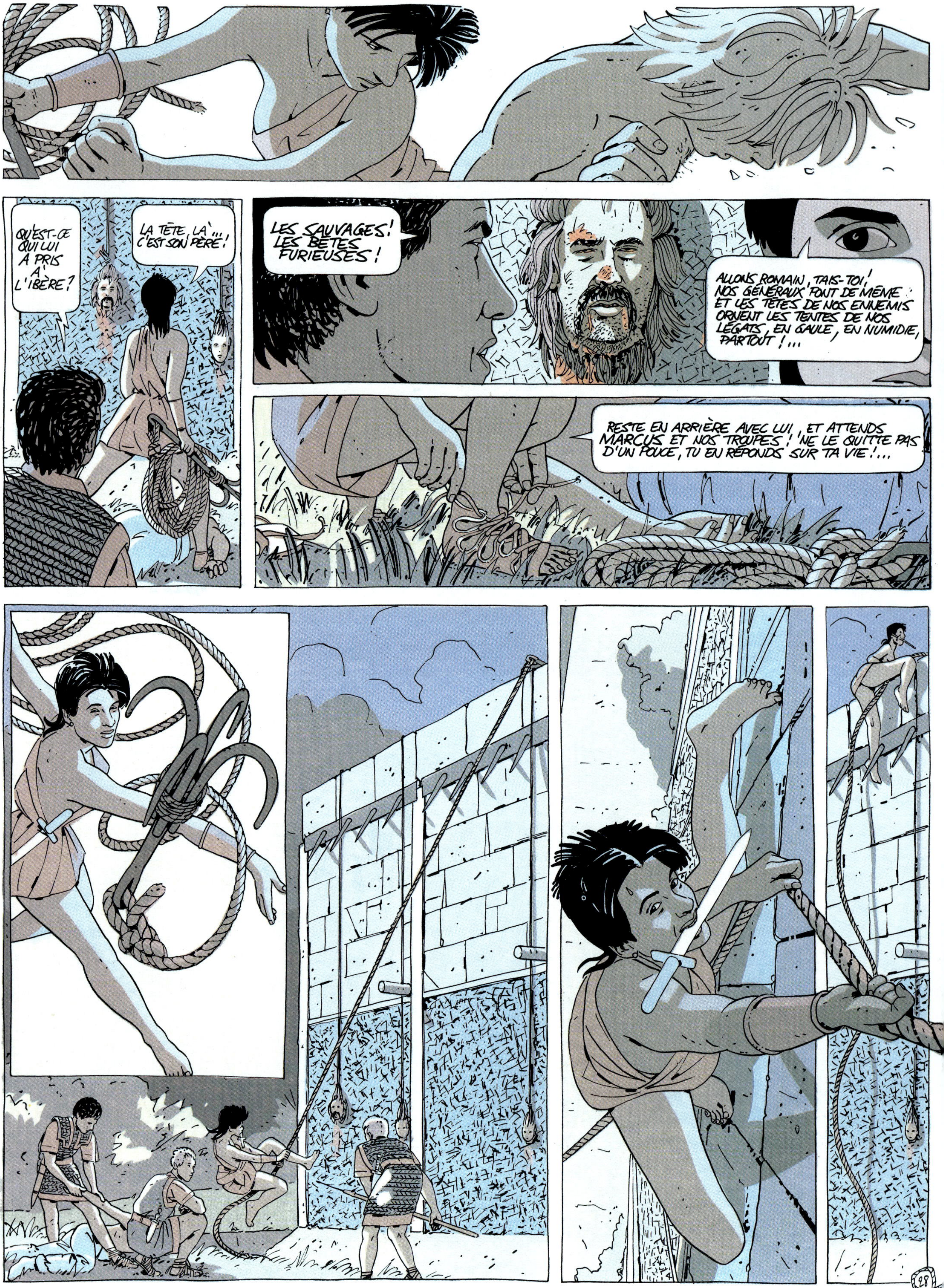
QU'EST-CE QUI LUI A PRIS À L'IBÈRE ?
LA TÊTE, LÀ... C'EST SON PÈRE !
LES SAUVAGES ! LES BÊTES FURIEUSES !
ALLONS ROMAIN, TAIS-TOI ! NOS GÉNÉRAUX FONT DE MÊME ET LES TÊTES DE NOS ENNEMIS ORNENT LES TENTES DE NOS LÉGATS, EN GAULE, EN NUMIDIE, PARTOUT ! ...
RESTE EN ARRIÈRE AVEC LUI, ET ATTENDS MARCUS ET NOS TROUPES ! NE LE QUITTE PAS D'UN POUCE, TU EN RÉPONDS SUR TA VIE ! ...

HOLÀ, MA BELLE ! JUSQU'OÙ VEUX-TU GRIMPER COMME ÇA ?...
AAAAAA
HUMPF
RRRT
CLR!
CRACK

SALAUD! RACLURE!
L.. LES ROMAINS!
EN AVANT!
ASSASSIN! ENFOIRE!
MAIS ENFIN IBERE, QUE VEUX-TU FAIRE AVEC MA PELLE-BECHE?
ORDURE! MEURTRIER!
MERDIER! POURRI!
HUMPF?
BARBARE! ENFLURE!
?
TU VAS LA SENTIR LA QUEUE DE MA PELLE-BECHE!!
30

BARRONS-NOUS !!
OOUUUUHHHHHOOOQUUUUUUUUU
JETTEZ VOS ARMES, VOLQUES !
RENNOS ! ATTENDS !
QUE SIGNIFIE CETTE ATTAQUE PAR TRAITRISE, ROMAIN, LA VILLE (*) A-T-ELLE PEUR DE L'HUMBLE RUSCINO !
SILENCE, VOLQUE ! NE FEINS PAS L'IGNORANCE ! LA PAIX ROMAINE A ÉTÉ TROUBLÉE ! LA JUSTICE ROMAINE RÉTABLIRA CETTE PAIX !!
VOUS TROIS, SUIVEZ-MOI !
PLACE !
ROGNURES ! POLTRONS !
RENNOOS ! REVIENS IMMÉDIATEMENT !

(*) ROME !

RENNOOS !
ILS VONT AU SUD, VERS LES MONTAGNES ! JE LES TIENS !
LES ROMAINS ! ILS NOUS SUIVENT !!
NOUS LES PERDRONS DANS LA GARRIGUE ! TEUTATÈS NOUS GUIDERA !
VOIS, KORRIN, MÊME TEUTATÈS SE DÉTACHE DE NOUS !...
PAR DONAR ! (*)
(*) DIEU GERMAIN DE LA GUERRE
MAUDITS ROMAINS ! ILS NOUS ONT PIÉGÉS !
NON ! NON ! C'EST...
...LA DÉESSE DE LA GUERRE !
QUOI !... CETTE GAMINE ??

BRIGIUS, REVIENS! C'EST UN PIÈGE DES ROMAINS, TE DIS-JE!!
TUE! TUE!!
ACCUEILLE-NOUS, ET MÈNE-NOUS VERS LA GRANDE PLAINE, Ô GÉNÉREUSE...
EH BEN, QU'EST-CE QU'ON FAIT, ON Y V..?!..
TAIS-TOI, BROGOS! ON NE T'A PAS DEMANDÉ DE BRAILLER!
33

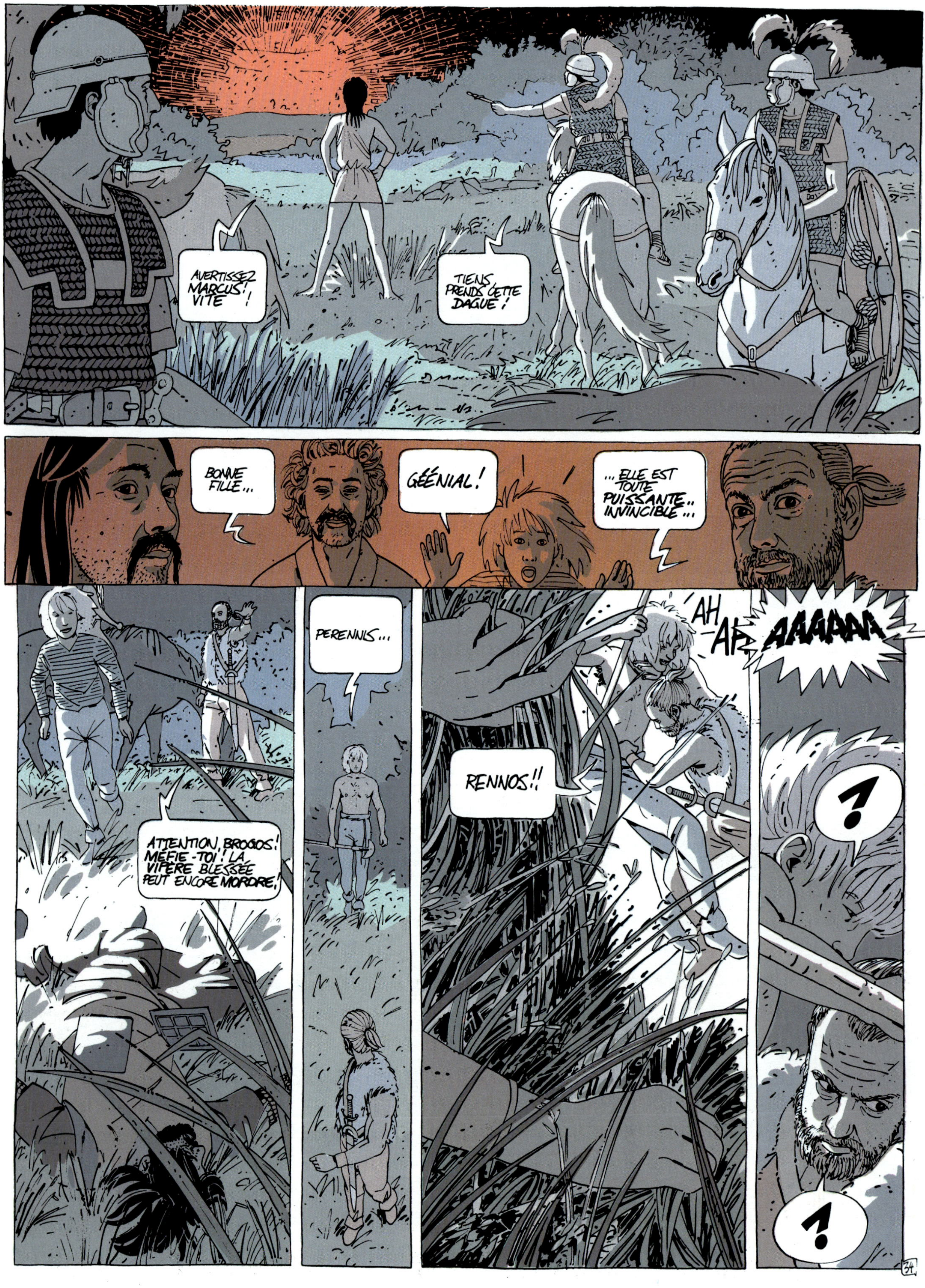
AVERTISSEZ MARCUS ! VITE !
TIENS, PRENDS CETTE DAGUE !
BONNE FILLE...
GÉÉNIAL !
... ELLE EST TOUTE PUISSANTE.. INVINCIBLE...
ATTENTION, BROGOS ! MÉFIE-TOI ! LA VIPÈRE BLESSÉE PEUT ENCORE MORDRE !
PERENNIS...
RENNOS !!
AH AH AAAAAA
?
?
34

UN GESTE ET JE SAIGNE LE PETIT GORET !!
AAAAA
TOI, LA FILLE, APPROCHE ! SANS ARMES ! ET N'ESSAYE PAS DE RECOMMENCER TES TOURS !
N'Y VA PAS ! LAISSE-MOI ...
LA VIE D'UN ENFANT IBÈRE EST UN TRÉSOR QUE DÉFEND LA FILLE DES IBÈRES, PERENNIS ...
GARDE TES SORTILÈGES POUR LES FAIBLES MA JOLIE ...
NON
ZZAAAA

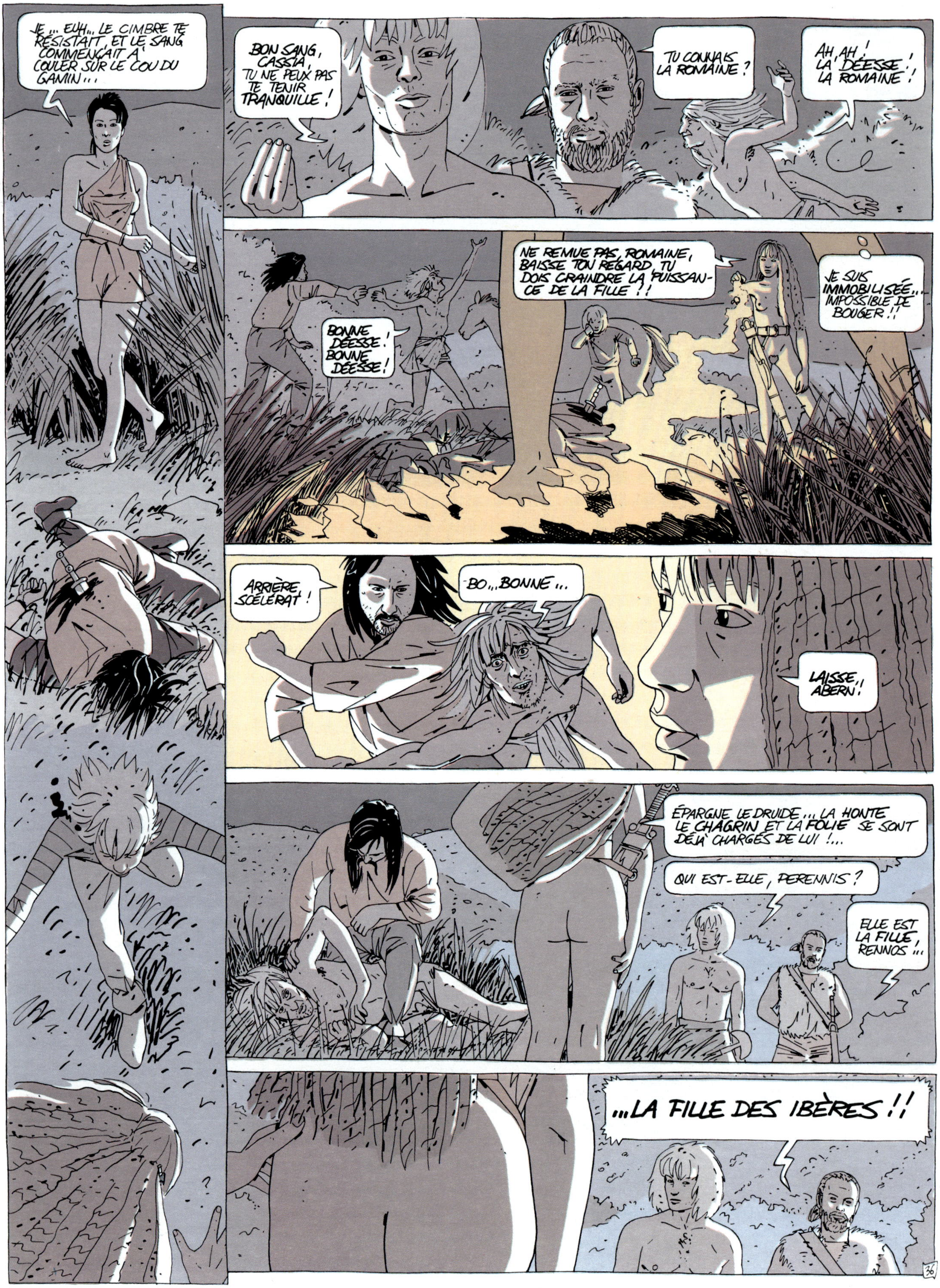
JE... EUH... LE CIMBRE TE RÉSISTAIT, ET LE SANG COMMENÇAIT À COULER SUR LE COU DU GAMIN...
BON SANG, CASSIA, TU NE PEUX PAS TE TENIR TRANQUILLE !
TU CONNAIS LA ROMAINE ?
AH, AH ! LA DÉESSE ! LA ROMAINE !
BONNE DÉESSE ! BONNE DÉESSE !
NE REMUE PAS, ROMAINE, BAISSE TON REGARD, TU DOIS CRAINDRE LA PUISSANCE DE LA FILLE !!
JE SUIS IMMOBILISÉE... IMPOSSIBLE DE BOUGER !!
ARRIÈRE, SCÉLÉRAT !
BO... BONNE...
LAISSE, ABERN !
ÉPARGNE LE DRUIDE... LA HONTE, LE CHAGRIN ET LA FOLIE SE SONT DÉJÀ CHARGÉS DE LUI !...
QUI EST-ELLE, PERENNIS ?
ELLE EST LA FILLE, RENNOS !...
...LA FILLE DES IBÈRES !!
36

...
..LA FILLE DE NOS DIEUX! LE SOUFFLE DE NOS MONTAGNES! L'ENVOYÉE DE NOTRE CIEL!.. COMPRENDS-TU, FRÈRE?..
..EUH.. PAS TRÈS BIEN..
..SON PÈRE EST UN HOMME DE NOTRE PEUPLE.. UNE DÉESSE L'A AIMÉ, ET DE LEUR UNION EST NÉE LA FILLE!
..ELLE VIENT PRENDRE LA TETE DE NOTRE PEUPLE! GRÂCE A ELLE, NOUS JETTERONS DEHORS CEUX QUI OCCUPENT NOTRE TERRE! ELLE NOUS CONDUIRA VERS LA VICTOIRE!
HUM... VICTOIRE, SUR QUI, PERENNIS? ET POURQUOI? LES ROMAINS PEUVENT NOUS AIDER ET...
A MORT LES ROMAINS! A BAS LES AMIS DES ROMAINS! A BAS LES GENS QUI PARLENT TROP!!
TU ES UN TRAITRE! UN PEUREUX! UN LACHE! UN.. UN..
TAIS-TOI, BROGOS! TU N'ES QU'UN ENFANT, ET CES JEUX NE SONT PAS DE TON AGE...
L'ENNEMI N'EST PAS ROMAIN, PERENNIS, IL EST VOLQUE! C'EST LE VOLQUE QUI A VOLÉ NOTRE TERRE!.. C'EST LUI QUI A TUÉ NOTRE PÈRE!!
QUOI!?.. URGO EST MORT?!
MAUDITS! MAUDITS! ILS PAIERONT TOUS! LES TÊTES DES VOLQUES ET DES CIMBRES PENDRONT A L'ENCOLURE DE MON CHEVAL, JE LES ÉVIDERAI! J'Y BOIRAI...
...PLUS TARD PEUT-ÊTRE, PERENNIS... REGARDE CE QUI VIENT...

L'ORDRE ROMAIN RÉGNERA PARTOUT SUR L'OCCIDENT!
NON, ÉCOUTE, MARCUS, LAISSE-LES...
...LA DÉESSE! J'AI VU LA DÉESSE...
QU'ON EN FINISSE! EMMENEZ-MOI TOUT ÇA À RUSCINO!...
P... PAS DE PANIQUE!
AYAAAAAAIIYYAAA
QUI SE DRESSERA CONTRE LA VILLE SERA ABATTU PAR LA VILLE!!
38

FRÈRE! ATTENDS!
... LE CERCLE DE FEU ... DISPARU ... JE SUIS LIBRE !!
ABATTEZ-LES!!
NOON!
ROCK!
PUNK!
LÂCHE-MOI! TÊTE D'ŒUF! PIED PLAT! SALE ENFOIRÉ DE ROMAIN!!
... NON! DE GRÂCE .. PAS DE VIOLENCE!
39

?!!
SI VOUS VOULEZ LA MORT DU FILS DE VOTRE CHEF, IBÈRES, CONTINUEZ !!
AH, AH ! LA ROMAINE !!
C'EST BON, FEMME ... ÉPARGNE RENNOS !
IL SUFFIT ! ASSEZ DE PITRERIES !
JUPITER TONNANT ! JE VOUS FERAI TOUS CRUCIFIER !!
J'ÉDIFIERAI UN CHEMIN DE CROIX DES PYRÉNÉES JUSQU'À ROME TOUT AU LONG DE LA VIA DOMITIA, JE..
NE PROMETS PAS CE QUE TU NE POURRAS PAS TENIR, MARCUS ! CONTENTE-TOI DE REMPLIR LA MISSION DONT TU ES CHARGÉ !!
AÏE !

FOUTUE FEMELLE, TU OSES ...
... C'EST TOI QUI OSES, MARCUS REGIUS ! TOI, MISÉRABLE PETIT OFFICIER DE PROVINCE, TU OSES INJURIER LA FILLE DE MARCUS AEMILIUS SCAURUS, PRINCE DU SÉNAT !!
J'AI DIT, AÏE !
SAIS-TU CE QU'IL PEUT T'EN COÛTER, ... SOLDAT ??
AH ! RENTRONS ! CE PAYS PUE !
TU ES DONC SI PUISSANTE, CASSIA, QU'UN OFFICIER ROMAIN PUISSE AINSI PLIER, FACE À TOI ?...
JE NE SUIS RIEN ET JE SUIS TOUT, MON BEL ENFANT !
... ESCLAVE ET REINE, MAÎTRESSE ET PUTAIN, TUEUSE ET PLEUREUSE, AU GRÉ DE FORTUNE, DÉESSE INDISCRÈTE, INSENSIBLE ET FRIVOLE, SEULE MAÎTRESSE DE L'UNIVERS, DE ROME, ET DE MOI-MÊME ...
AH ! AH ! LA ROMAINE !..
41

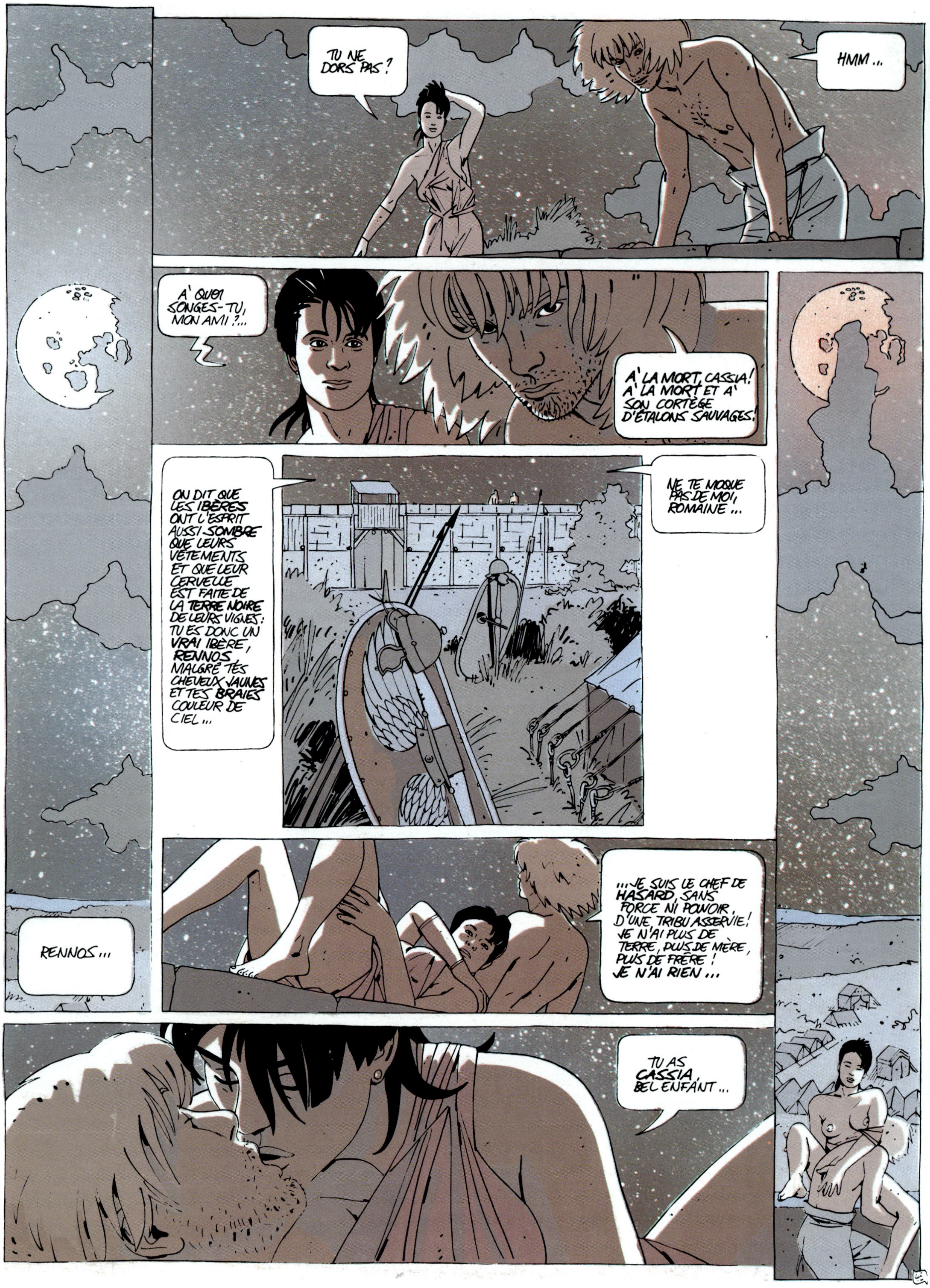
TU NE DORS PAS ?
HMM ...
À QUOI SONGES-TU, MON AMI ?...
À LA MORT, CASSIA ! À LA MORT ET À SON CORTÈGE D'ÉTALONS SAUVAGES !
ON DIT QUE LES IBÈRES ONT L'ESPRIT AUSSI SOMBRE QUE LEURS VÊTEMENTS ET QUE LEUR CERVELLE EST FAITE DE LA TERRE NOIRE DE LEURS VIGNES : TU ES DONC UN VRAI IBÈRE, RENNOS, MALGRÉ TES CHEVEUX JAUNES ET TES BRAIES COULEUR DE CIEL ...
NE TE MOQUE PAS DE MOI, ROMAINE ...
RENNOS ...
... JE SUIS LE CHEF DE HASARD, SANS FORCE NI POUVOIR, D'UNE TRIBU ASSERVIE ! JE N'AI PLUS DE TERRE, PLUS DE MÈRE, PLUS DE FRÈRE ! JE N'AI RIEN ...
TU AS CASSIA, BEL ENFANT ...

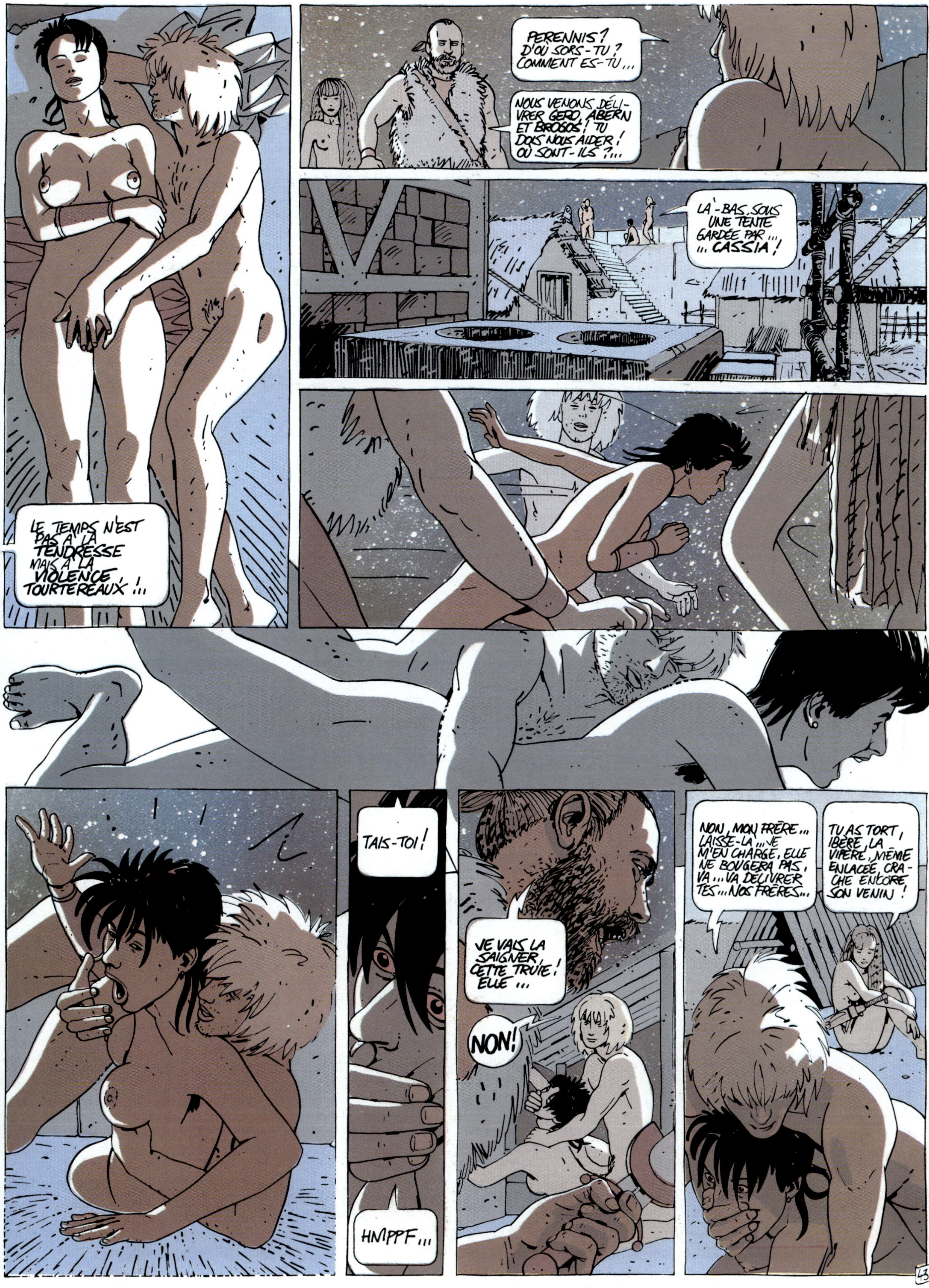
LE TEMPS N'EST PAS À LA TENDRESSE MAIS À LA VIOLENCE, TOURTEREAUX !...
PERENNIS ? D'OÙ SORS-TU ? COMMENT ES-TU...
NOUS VENONS DÉLIVRER GERO, ABERN ET BROSOS ! TU DOIS NOUS AIDER ! OÙ SONT-ILS ?...
LÀ-BAS, SOUS UNE TENTE GARDÉE PAR... ...CASSIA !
TAIS-TOI !
HMPPF...
JE VAIS LA SAIGNER CETTE TRUIE ! ELLE...
NON !
NON, MON FRÈRE... LAISSE-LA... JE M'EN CHARGE, ELLE NE BOUGERA PAS, VA... VA DÉLIVRER TES... NOS FRÈRES...
TU AS TORT, IBÈRE, LA VIPÈRE, MÊME ENLACÉE, CRACHE ENCORE SON VENIN !

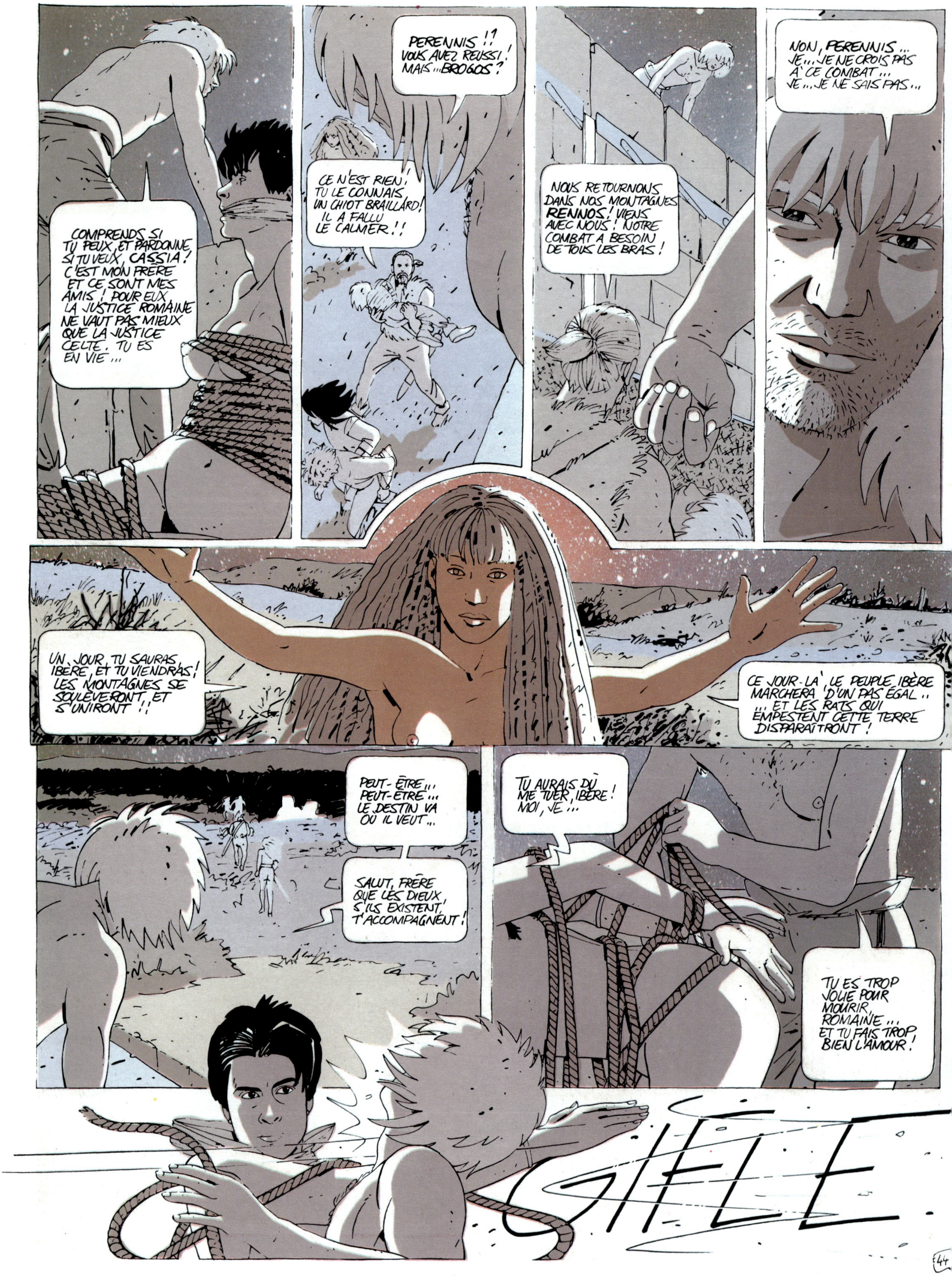
COMPRENDS SI TU PEUX, ET PARDONNE SI TU VEUX, CASSIA ! C'EST MON FRÈRE ET CE SONT MES AMIS ! POUR EUX LA JUSTICE ROMAINE NE VAUT PAS MIEUX QUE LA JUSTICE CELTE. TU ES EN VIE...
PERENNIS !? VOUS AVEZ REUSSI ! MAIS... BROGOS ?
CE N'EST RIEN ! TU LE CONNAIS, UN CHIOT BRAILLARD ! IL A FALLU LE CALMER !!
NOUS RETOURNONS DANS NOS MONTAGNES RENNOS ! VIENS AVEC NOUS ! NOTRE COMBAT A BESOIN DE TOUS LES BRAS !
NON, PERENNIS... JE... JE NE CROIS PAS À CE COMBAT... JE... JE NE SAIS PAS...
UN JOUR, TU SAURAS, IBÈRE, ET TU VIENDRAS ! LES MONTAGNES SE SOULÈVERONT, ET S'UNIRONT !!
CE JOUR-LÀ, LE PEUPLE IBÈRE MARCHERA D'UN PAS ÉGAL... ... ET LES RATS QUI EMPESTENT CETTE TERRE DISPARAÎTRONT !
PEUT-ÊTRE... PEUT-ÊTRE... LE DESTIN VA OÙ IL VEUT...
SALUT, FRÈRE QUE LES DIEUX, S'ILS EXISTENT, T'ACCOMPAGNENT !
TU AURAIS DÛ ME TUER, IBÈRE ! MOI, JE...
TU ES TROP JOLIE POUR MOURIR, ROMAINE... ET TU FAIS TROP BIEN L'AMOUR !
GIFLE
44

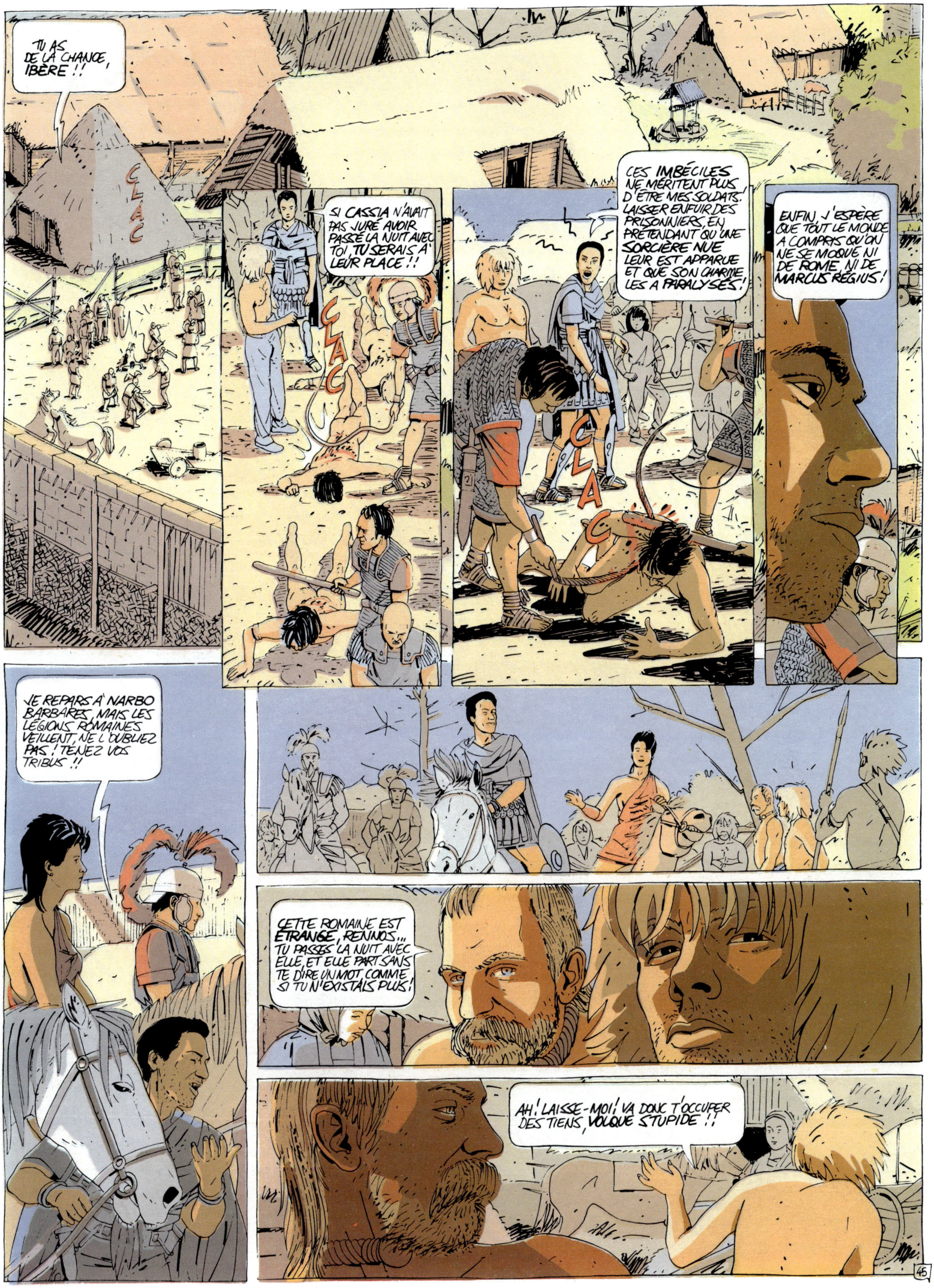
TU AS DE LA CHANCE, IBÈRE !!
CLAC
SI CASSIA N'AVAIT PAS JURÉ AVOIR PASSÉ LA NUIT AVEC TOI, TU SERAIS À LEUR PLACE !!
CLAC
CES IMBÉCILES NE MÉRITENT PLUS D'ÊTRE MES SOLDATS ! LAISSER ENFUIR DES PRISONNIERS, EN PRÉTENDANT QU'UNE SORCIÈRE NUE LEUR EST APPARUE ET QUE SON CHARME LES A PARALYSÉS !
CLAC
ENFIN, J'ESPÈRE QUE TOUT LE MONDE A COMPRIS QU'ON NE SE MOQUE NI DE ROME NI DE MARCUS RÉGIUS !
JE REPARS À NARBO BARBARES, MAIS LES LÉGIONS ROMAINES VEILLENT, NE L'OUBLIEZ PAS ! TENEZ VOS TRIBUS !!
CETTE ROMAINE EST ÉTRANGE, RENNOS... TU PASSES LA NUIT AVEC ELLE, ET ELLE PART SANS TE DIRE UN MOT, COMME SI TU N'EXISTAIS PLUS !
AH ! LAISSE-MOI ! VA DONC T'OCCUPER DES TIENS, VOLQUE STUPIDE !!
45

Dépôt légal : Décembre 1985 — Imprimé en France par Pollina, 85400 Luçon - N° 7608